A la orilla del viento...

Primera edición en alemán, 2000
Primera edición en español, 2003
Segunda reimpresión, 2010

Heine, Helme
  Cuentas de elefante / Helme Heine ; trad. de Alberto Cue. —
México : FCE, 2003.
    40 p. : ilus. ; 19 × 15 cm — (Colec. A la Orilla del Viento)
    Título original Elefanteneinmaleins
    ISBN 978-968-16-6423-7

  1. Literatura Infantil I. Cue, Alberto tr. II. Ser. III. t.

LC 1863   Dewey 808.068 H757c

Distribución mundial

Título original: *Elefanteneinmaleins*
© 2000, Middelhauve Verlag GmbH, Munich
ISBN 3 7876 9574-5

D. R. © 2003, Fondo de Cultura Económica
Carretera Picacho-Ajusco, 227; 14738 México, D. F.
www.fondodeculturaeconomica.com
Empresa certificada ISO 9001: 2000

Editor: Daniel Goldin
Diseño: Joaquín Sierra Escalante
Dirección artística: Mauricio Gómez Morin

Comentarios: librosparaninos@fondodeculturaeconomica.com
Tel. (55)5449-1871 Fax (55)5449-1873

ISBN 978-968-16-6423-7

Impreso en México • *Printed in Mexico*

Cuentas
de elefante

Texto e ilustraciones de **Helme Heine**

traducción de Alberto Cue

FONDO DE CULTURA ECONÓMICA

◆ Había una vez un elefantito
que tenía mucha hambre.
De la mañana a la noche
devoraba hierbas y hojas, y hojas
y hierbas, hasta que quedaba satisfecho.

Luego se dormía, y soñaba
con una gigantesca montaña de paja,
que atravesaba a mordidas.

Al levantarse por la mañana,
se lavaba los colmillos,
se bebía 100 litros de agua…

y hacía una caca grande,
grande y redonda como pelota de futbol:
1 balón de elefante.
Entonces se sentía vacío
y con mucha hambre.
Así que devoraba hierbas y hojas
y hojas y hierbas…
Ya satisfecho, se dormía
para soñar otra vez con la enorme montaña
de paja.

Pasaron días y días…, hasta
que una mañana,
después de lavarse los colmillos,
de beberse 100 litros de agua y de hacer
una caca grande y redonda, salió otra
caca grande y redonda de su panza.
Saltó de alegría por los aires…

y danzó en círculo: 2 balones de elefante.

Barritó, la hierba y los árboles temblaron.
Él comprendió que era el día
de su cumpleaños.
Tenía ya 2 años de edad.
Decidió comer más para crecer
y ser más grande.
Ni cuenta se daba de lo rápido
y lo mucho que comía.
hasta que una mañana fueron
3 balones de elefante.
¡Qué emocionante: uno, dos, tres!

Pasaron los años…
y cada año llegaba el día
en que el elefantito, que ya no era un
elefantito, hacía un balón de más.
Todos eran grandes y redondos
como pelotas de futbol,
así, hasta contar cincuenta:
¡50 balones de elefante!

Los elefantitos bebés admiraban estas
grandes pelotas, pero como todavía
no sabían contar hasta 50, para comenzar
debían aprender
que 1 y 1 son 2, y 2 y 1 son 3.
Para contar, uno debe concentrarse.
Esto lo saben los viejos elefantes.

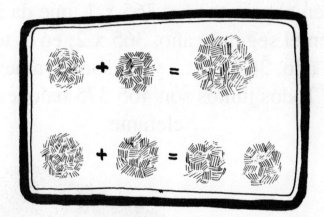

Los viejos y sesudos elefantes saben
también cuántos balones de elefante
hace un elefante hasta su cumpleaños
número cincuenta:
en el primer año, 365 x 1, que da 365;
en el segundo año, 365 x 2; en el tercer
año, 365 x 3…, y así sucesivamente.
Todos juntos son 465 375 balones de
elefante.

Una gigantesca montaña…, que ni siquiera los elefantes más sesudos pueden imaginarse.

Nuestro elefante ahora estaba
muy feliz, pues
cada mañana podía contar hasta cincuenta.
Pero el día 365 algo muy extraño sucedió:
46 – 47 – 48 – 49 y ahí se quedó.
Tosió y pujó… y de 49 no pasó.

¿Había contado mal?
Con mucho cuidado comenzó
a contar de nuevo,
pero no se había equivocado: eran 49.

El gran elefante estaba muy sorprendido
y pensó largamente en el asunto,
sin encontrar explicación alguna.

A la mañana siguiente, y a la siguiente
después de ésta,
y a la siguiente después de la siguiente,
era lo mismo:
49 balones de elefante.
Entonces el elefante sintió mucha
curiosidad.
¿Qué pasaría en su siguiente cumpleaños?
En la mañana del día 365
se lavó rápidamente los colmillos
y se bebió los 100 litros de agua
de un jalón.
Luego contó en voz alta:
1 – 2 – 3… 46 – 47 – 48…
y hasta ahí llegó.

Comprendió entonces que había rebasado
la mitad de su vida:
"Durante cincuenta años he sumado
1 cada año. Ahora debo restar 1 durante
cincuenta años.
Si estoy en lo correcto, llegaré al mismo
número que en el principio.
¡Qué impresionante!"
Se sintió muy contento y ya deseaba que
llegara la mañana siguiente.
¿Había contado bien?
Pasaron los años. Se volvió viejo
y arrugado,
y sus colmillos se tiñeron de amarillo.
Finalmente llegó el día en que hizo
un solo balón…, el último año de su vida.

Cada día fue una fiesta. Sólo el día 364 se
sintió inquieto.
Si la cuenta no fallaba, había hecho hoy
su último balón.
¿En verdad había sido el último?
Y mañana, ¿estaría vivo todavía?

Esa noche durmió sin soñar.
Al despertar, pensó que se encontraba en el
cielo…,
pero estaba en el mismo lugar
de los últimos cien años.
Con pasos lentos se dirigió al río,
se lavó los colmillos y bebió.

Después esperó. Ahí se quedó esperando.
Pero no hubo ningún otro balón.

"En los primeros cincuenta años de mi vida
hice 465 375 balones,
y en los últimos cincuenta años de mi vida
hice 465 375 balones.
Y cuando hago la resta, el resultado es
cero."

Se sentía feliz:
después de cien años paquidermos,
entendía el número cero.
Ya no pensó en nada más.
Ni en las hierbas ni en las hojas,
ni en las sumas ni en las restas.
Con parsimonia dio la vuelta
y se dirigió lentamente
hacia donde los elefantes desaparecen
cuando ya no pueden hacer un balón más.

Cuentas de elefante, de Helme Heine,
núm. 151 de la colección A la Orilla del Viento,
se terminó de imprimir y encuadernar en enero de 2010
en Impresora y Encuadernadora Progreso, S. A. de C. V. (IEPSA),
calzada San Lorenzo, 244; 09830 México, D. F.
El tiraje fue de 2 000 ejemplares.

para los que están aprendiendo a leer

Las pulgas no vuelan
de Gustavo Roldán
ilustraciones de Gustavo Roldán (H)

–Mamá, ¿por qué las pulgas no vuelan?

–Pulguita, ¿qué ideas son ésas? ¡Volar no es para las pulgas!

La pulguita se quedó callada, pero siguió pensando. Se trepó al gato negro que dormía bajo la parra, para pensar mejor. Pero cuando las ideas vuelan siempre puede pasar algo. Hasta las pulgas pueden... ¡volar!

Este libro lo escribió Roldán padre y lo dibujó Roldán hijo. A Roldán hijo le gustan las sandías y los mangos. A Roldán padre los mangos y las sandías. Roldán padre es escritor y también dibuja un poco. Roldán hijo es dibujante y también escribe un poco. Roldán padre tiene sesenta y cinco años; Roldán hijo, treinta y cinco. Los dos viven en Argentina y cada tanto hacen un libro Roldán-Roldán. En esta colección han publicado Una lluvia de pájaros.

para los que están aprendiendo a leer

Yoyo sin miedo
de Bruno Heitz
ilustraciones de Manuel Monroy

Yoyo no sabe lo que es el miedo. No le da miedo la maestra, ver películas de terror o ir al dentista. Un día lee en una historia de bandidos que el miedo hace salir volando y se dedica a asustar a todo ser viviente para ver si despega, hasta que sus papás deciden enseñarle lo que es el miedo. ¿Lo conseguirán?

En esta nueva historia de Yoyo, Bruno Heitz le da un nuevo giro a una historia clásica para enseñarnos el valor... del miedo.

Bruno Heitz nació en el norte de la Loire, en Francia. Se inició en la escritura de libros para niños después de dedicarse a pintar, buscar tesoros con un arqueólogo, retocar fotografías... En esta colección ha publicado Yoyo el mago *y* Yoyo y el color de los olores.